AF495707

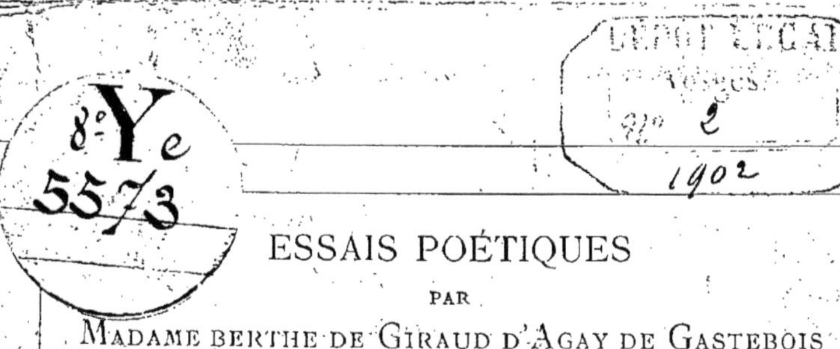

ESSAIS POÉTIQUES

PAR

MADAME BERTHE DE GIRAUD D'AGAY DE GASTEBOIS

(1876 A 1901)

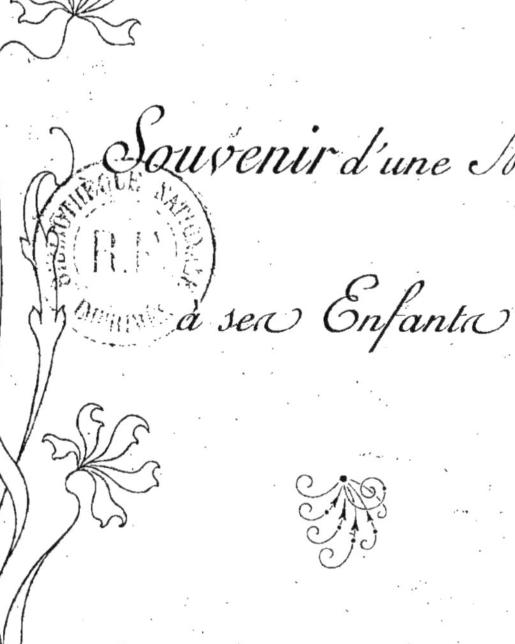

Souvenir d'une Mère

à ses Enfants

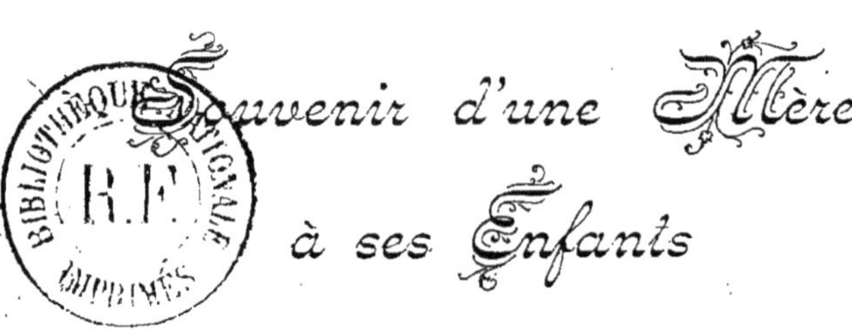

Souvenir d'une Mère
à ses Enfants

Souvenir d'une Mère
à ses Enfants

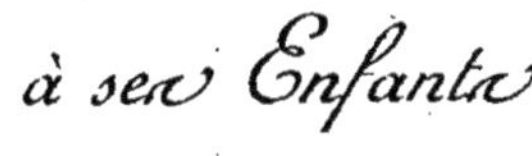

ESSAIS POÉTIQUES

PAR

Madame Berthe de Giraud d'Agay de Gastebois

(1876 à 1901)

Boulogne-sur-Seine,
37, rue Thiers

Souvenir d'une Mère à ses Enfants

ESSAIS POÉTIQUES

PAR

MADAME BERTHE DE GIRAUD D'AGAY DE GASTEBOIS

(1876 A 1901)

BOULOGNE-SUR-SEINE,
37, RUE THIERS

À mes Enfants !

C'EST à vous mes enfants que je dédie ces lignes,
Vous, que mon tendre amour a bercés et nourris ;
Vous, qui fûtes pour moi, heureux gage, doux signe,
Quand à mes yeux ravis, le bonheur vous offrit !

Oui, ce sont mes enfants : ainsi que Cornélie
Je puis vous les montrer avec un juste orgueil ;
Des diamants, de l'or, je n'eus aucune envie,
Car souvent des vertus, ils deviennent l'écueil !.....

Quand mes chéris naissaient, ouvrant à la lumière
Leurs yeux si gracieux qui déjà me cherchaient,
Je me penchais sur eux murmurant la prière
Que leurs Anges au ciel tour à tour répétaient !.....

« Dieu, faites que pour tous l'avenir sans alarme,
« Soit un tissu de jours heureux et bien finis ;
« De mes derniers soleils qu'ils deviennent le charme,
« Et que de votre main ils soient toujours bénis !

« Faites que leur beauté révélant leur belle âme,
« Ne soit jamais ternie par le mauvais esprit ;
« Qu'ils soient bons, justes, droits, que l'honneur les
[enflamme,
« Qu'ils aiment la vertu qui déjà leur sourit !....

« Faites, toujours unis, qu'ils marchent dans la vie,
« Dans les sentiers du Bien, cette voie des grands
                                        [cœurs ;
« Et que se soutenant ils écartent l'Envie
« Qui pourrait se glisser entre frères et sœurs !

« Faites qu'au Ciel un jour enfants et tendre mère,
« Ensemble retrouvant les échos de leur voix,
« A vos pieds prosternés redisent la prière
« Que sur terre, mon Dieu, ils ont dit tant de fois !...

. . . .
. . . .

Et toi Destin jaloux de l'amour d'une mère,
Ne te venge jamais de ce bonheur si doux ;
Puissé-je, mes enfants, boire la coupe amère
Pour qu'il n'en reste plus une goutte pour vous !

Enfin ! vous souvenant de ma vive tendresse,
Quand bien loin d'ici-bas j'aurai fui sans retour,
Qu'à vos petits enfants une douce caresse
Rappelle de mon nom ce souvenir d'amour !....

Château de Livry (Calvados) 1876.

ℛ ℛ ℛ

8

L'Anniversaire !

Dédié à Marie-Antoinette de
Giraud d'Agay, par sa Mère !

ANTOINETTE-MARIE, c'est demain le grand jour
De votre si chère naissance ;
Peut-être ignorez-vous que ce fut de l'Amour
Le plus beau trait de souvenance ;
N'allez pas, ma charmante enfant,
Croire que votre Mère oublie
Le premier cri qui fut un chant
Pour son âme triste, affaiblie.

Quand un Ange du Paradis,
Sur ses ailes doublées de roses
Vous apporta un vendredi,
Cela prédisait bien des choses !.....

Vous naquîtes le soir d'un Bal
Que l'on donnait à la Mairie,
On y parla de vous,
(Cela vous fut égal)
On vous donna pour nom Marie ;
Quand par un souvenir bien doux

Un poëte votre parrain,
Chanta votre vertu, vos charmes;
Malgré ce gracieux quatrain
Vous versâtes beaucoup de larmes !.....

Mon vieil aïeul qui vous chérit,
De sa main déjà vous couronne;
Par lui les fées vous ont souri,
Et sur vous le soleil rayonne !

Une jeune fille à l'œil noir
Sur votre front déjà se penche,
Elle ne peut assez vous voir
Et vous admirer toute blanche !

De nouveaux grand père et grand'mère
S'extasient sur vos jolis yeux,
Mon aïeule me dit : « Ma chère,
« C'est un petit ange des cieux
« Et puisse la douce Madone,
« Dont elle prend le nom si beau,
« La rendre aussi belle que bonne
« Et la garder sous son manteau !..... »

Tel fut le vœu simple et touchant
Qu'exprimait en chœur l'assemblée ;
Le soleil dorait le couchant
Et la campagne était voilée !.....
Alors on vous enveloppa
Dans un rideau de mousseline
Et votre tante vous berça
De sa voix douce et argentine

Et votre mère en son sommeil
Rêva du beau Ciel et des Anges
Et crut dans un rayon vermeil
Voir passer leurs belles phalanges!

Son réveil encore plus doux,
Car vos cris, chère fortunée,
Prouvèrent à son cœur jaloux
Que pour elle vous étiez née!.....

Château de Livry 1876.

Berceuse

Composée pour Marie-Antoinette,
âgée de 3 mois, par sa Mère !

Dors en paix sur mes genoux,
     Ange si doux !
Dors en paix malgré ma faible voix
Et les larmes de ta mère
Qui brûlantes tombent sur toi !

Dors et qu'un Ange des Cieux
     Ferme tes yeux,
De doux rêves berçant ton sommeil
Car les larmes de ta mère
T'attendent toujours au réveil !

Fuyez loin d'elle, ô Malheur !
     Et vous Douleur !
Que l'enfant que je berce en priant
Ne connaisse de la vie
     Que roses et soleil brillant !

Puissé-je pleurer pour deux,
     Ange aux yeux bleus,
Et qu'un jour mon nom avec bonheur,
Prononcé par ta voix pure,
Efface à jamais ma douleur !

Puis un jour tu grandiras,
     Et me diras :
O Mère quel fut votre chagrin,
De mes bras je vous enlace
Et de vos pleurs voici la fin !.....

❦ ❦ ❦

Acrostiche sur le nom d'Albert

A mon fils âgé de 3 ans,
par sa Mère !

AIMABLE enfant joufflu et rose,
  Le dernier de mes six amours,
Brillant espoir de mes vieux jours,
Et pour moi la plus douce chose.
Rayon du Ciel, Ange chéri
Ta mère te chante et tu souris !

Château de Livry 1876.

Livry *(Calvados)* Souvenir du Château

L IVRY, charmant pays qui produit un poëte,
Des artistes, des saints, des anges, un martyr,
Sur tes attraits ma voix ne peut rester muette
Car c'est demain, hélas ! qu'il me faudra partir !

Je pars ; mais dans mon cœur relisant une page
Je revois tes bosquets, tes plants et le coteau,
Et ton joli ruisseau, sous le discret ombrage
Et ton clocher béni s'élevant du hameau !

Oui, je conserverai la poétique image,
Le souvenir aimé de ce peuple à genoux ;
Sous l'abri verdoyant de votre cher bocage,
Saint Sulpice, martyr, ayez pitié de nous !

Je pars ! hélas, demain suivant ma destinée
Emportée par le cours d'un torrent furieux,
Ainsi que l'humble fleur, je suis déjà fanée
Et mon front est aussi attristé, soucieux !

Mais j'emporte avec moi l'éternelle pensée
Du séjour plein de charmes ! un si bon souvenir
Qui me rappellera dans les heures passées,
Mes soucis, mes plaisirs, mes rêves d'avenir !.....

Oui, j'emporte avec moi sans craindre que l'Envie,
Ne puisse me ravir ce trésor précieux,
Un volume rempli d'une douce élégie
Que j'ai chanté pour toi en regardant les Cieux !...

Château de Livry 1876.

Acrostiche sur le nom de Berthe

Bonheur que me veux-tu ? déjà depuis longtemps
Emportant mes espoirs sur les ailes des vents,
Rêve si gracieux qui charmait mon enfance,
Tu t'es enfui bien loin sans laisser d'espérance !
Heureux est le mortel que tu suis pas à pas,
Et plus heureux celui qui ne te cherche pas !.....

Ma Normandie

J'AIME la Normandie
 Au printemps reverdie,
Ses pommiers odorants ;
Et dans ses champs fertiles
Ses laboureurs habiles
Et leurs chevaux fringants !

J'aime de ses villages
Les gracieux ombrages,
Les plants et les coteaux ;
J'aime ses jeunes filles
Si fraiches, si gentilles,
Abreuvant leurs troupeaux !

Sa campagne est si belle,
J'entends la tourterelle,
Les chants de mille oiseaux ;
Le cri de l'alouette,
La voix de la fauvette
De ces chants les plus beaux !

Il y a des fleurs charmantes,
Fraiches et odorantes

Qui croissent pour nos yeux,
Mais j'aime en Normandie
La fleur qui m'a ravie
Le lis reflet des cieux !

J'aime sa mer si belle,
Ses pêcheurs, leur nacelle
Balançant sur les eaux
Sa coquette voilure,
Gracieuse parure
Comme une aile d'oiseau !

Enfant dont je caresse
Le front avec tendresse,
De mes fils le plus beau ;
Souviens-toi dans ta vie
Que c'est en Normandie
Qu'est ton premier berceau !

Château de Livry (Calvados) 1876.

À la Mer (Rêverie)

Je te vois, ô mer si jolie,
Et ta sauvage mélodie
Va me bercer pour un moment,
Car sur tes flots d'un vert si tendre
La blanche mauve fait entendre
Un amoureux gémissement!. ...

Mais si le vent du Nord te pousse
Tes vagues aujourd'hui si douces
Bondissent, sombres, irritées ;
Se poursuivent et se devancent
Et toutes échevelées s'élancent
Sur la grève en flots argentés !.....

Je rêve ces lointaines plages
Que tu caresses tous les jours
Et je songe combien d'amours
Qui dans ton sein ont fait naufrages !

J'entrevois des prismes dorés,
Des palais où tout étincelle,
Des palmiers, et la fleur nouvelle
Qui sur tes bords se sont mirés !.....

Je vois vers le large horizon
Une voile blanche, légère,
Image cruelle, amère,
D'amour et de sa trahison !

Je vois gracieuse nacelle
Que montent de hardis pêcheurs,
Je leur souhaite chance et bonheur
Sur tes flots bleus, ô mer si belle !.....

Langrune-sur-Mer (Calvados) 1877.

Ode à la Lune

Salut, astre des nuits, reine douce, puissante,
De tes reflets d'argent viens réjouir mon cœur,
En rayonnant sur nous d'une harmonie touchante
De notre beau soleil nous te nommons la sœur !.....

Je t'aime, astre divin, comme un autre poëte
Dont l'âme s'est éprise aux charmes de tes feux ;
Je t'aime, et ne puis rien de ma passion muette
Que te parler de loin et t'adresser mes vœux !.....

Tu fus créée par Dieu, Créateur adorable,
Pour éclairer les.pas du pauvre voyageur ;
Sa bonté te vêtit de la robe immuable
Qui resplendit toujours d'une douce lueur !

Tu règnes dans les cieux tout parsemés d'étoiles,
Tu projettes sur nous ton doux miroir d'argent,
Et dans la nue dorée bien souvent tu te voiles
Te faisant un beau cadre au nimbe transparent !

Protège l'indigent et protège le frère
Qui souvent sans abri, dort au bord du chemin,
Que ta pure clarté éclaire sa misère
Qu'une bonne pensée calme son cœur ! Enfin !

Protège le marin sur l'Océan immense
Montre à ses yeux le port qu'il devine au lointain,
Qu'en te voyant le soir, tout souriant il pense
Au bon Ange qui veille en lui tendant la main !

Je t'ai vue entourée de nuées vaporeuses !
T'élancer de ton lit tissé de pourpre, d'or,
Dans les flots te baigner, sur la mer lumineuse
Que tu veux caresser en prenant ton essor !.....

Je t'ai vue un beau soir, lointaine souvenance !.....
Paraître radieuse à l'heure du revoir,
Tu montais lentement, fière de ta puissance,
Eclairant le Ciel pur d'un magique pouvoir !.....

Tout à coup, j'aperçus se détachant dans l'ombre
Un nuage léger, semblable au crêpe noir
Que l'on jette sur nous, un soir hélas bien sombre,
Pour ternir de nos jours le limpide miroir !.....

Ce nuage de plomb s'étend, grandit, s'élève,
Voilant les doux rayons que tu nous envoyais,
Ainsi ma triste vie fut le jouet d'un rêve,
Un nuage bien noir l'assombrit à jamais !.....

Adieu, prismes charmants, pures, nobles chimères,
Pourquoi de loin toujours m'êtes-vous apparus ?...
O tristes souvenirs ! ô destinées amères !.....
Je ne veux plus chanter les beaux jours disparus!...

Loin de moi les pensées charnelles et profanes
Qui corrompent l'esprit et le cœur du mortel ;
L'idéal lui prêta ses ailes diaphanes
Et ce rêve d'un jour est un rêve éternel !.....

Et toi, astre béni, vers le couchant éclaire
D'autres êtres jaloux de ta douce clarté,
A revoir, à demain la pauvre solitaire
Veut célébrer toujours ta céleste beauté!.....

Château de Livry 1876.

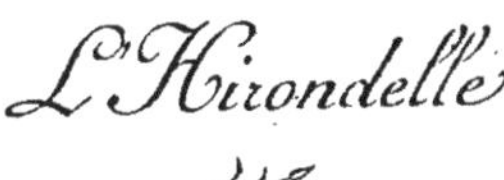

(Printemps de 1876.)

SALUT aimable voyageuse
Qui du printemps si attardé
Apporte enfin, vive, joyeuse,
Le premier espoir demandé !

Salut, sur ton aile rapide
Que caresse la brise aimée,
J'aperçois un rayon limpide
De soleil tiède, parfumé !.....

D'où viens-tu, exilée charmante ?
Et sous quels cieux hospitaliers,
As-tu porté ta voix vibrante,
Tes gazouillements familiers ?

Quels pays as-tu visités ?
Quelle campagne as-tu chérie,
Et quels cieux as-tu regrettés
Quand tu revins vers ta patrie ?

As-tu vu la brûlante Espagne ?
L'Italie au Ciel toujours bleu ?
La baie de Naples ou la Romagne ?
Et le Vésuve tout en feu ?

As-tu vu les cimes brillantes
Des Alpes, miroir du soleil,
Et leurs neiges étincelantes
Peintes de rose et de vermeil ?

As-tu caressé de ton aile
Les bois d'orangers pleins de fleurs
Et reposé, toujours fidèle,
Sous leurs enivrantes senteurs ?

As-tu vu des amants constants,
Des épouses tendres et belles,
L'Amour chaste reconnaissant
Ne plus lancer flèches cruelles ?

Qu'as-tu vu ? réponds, je t'en prie !
Peut-être l'as-tu retrouvé ?
Et dans sa triste rêverie
Vers toi son regard s'est levé !.....

Mais je vois, ô ma souveraine,
Que pour mieux fêter ton retour,
Zéphir a tiédi son haleine
Et que luit enfin un beau jour !

Château de Livry (Calvados) 1876.

❧ ❧ ❧

Ce qu'il me faut & ce que j'aime !

(Rêverie)

Ce qu'il me faut, à moi, c'est le chant de l'oiseau
Et la brise embaumée qui descend du coteau,
Et la voix de la mer, sa mélodie sauvage
Que j'aime, car je sais comprendre son langage !

. . . .

Il me faut l'horizon dans un lointain immense.
Un ciel limpide, bleu, comme un ciel de Provence
Parsemé de nuées aux reflets roses, blancs,
Tour à tour se changeant en crêpes et rubans !....

Il me faut du ruisseau le tendre, doux murmure
Qui traverse nos bois sous un dais de verdure ;
Le vol des papillons aux multiples couleurs,
Et celui de l'abeille au sein de mille fleurs !

J'aime du moissonneur la voix vibrante, pure,
Que répète l'écho, amant de la nature ;
Le clocher du hameau, son joyeux carillon,
Les cris d'enfants chéris parcourant les sillons

Les bras chargés de fleurs en gerbes odorantes,
Heureux de déposer sur leurs têtes charmantes
Des couronnes tressées, mélanges chatoyants !
J'aime le gai soleil sur les blés ondoyants,
Sous l'effort de la brise, une moisson moirée
Semble une vaste mer de tons d'or colorée !

J'aime le bruit du vent sous la verte ramée,
Son doux frémissement qui m'a toujours charmée.

Et j'aime de la nuit le charme, le silence,
Du rossignol des bois la plaintive cadence,
Ou la voix du hibou, le rire de l'orfraie,
Qui tour à tour nous frappe et souvent nous effraie !..

J'aime la paix du soir dans la sombre vallée,
Douce action de grâce à l'âme révélée,
Pour tous les dons qu'un Dieu aussi bon que puissant
A répandu sur nous, ingrats, insouciants !

J'aime à te contempler, ô lune pâle, douce,
Qui te joue sur les cimes et sur les brins de mousse,
Argentant les contours de ces frêles bosquets,
Que les roses de mai ont orné de bouquets !

Et j'aime bien rêver sous l'ombre vaporeuse
Des mélèzes légers dont la tige soyeuse
Se penche, obéissant au souffle du zéphir,
Et rend un son si doux comme un faible soupir !

Voici tout ce que j'aime, et si Dieu me fait vivre
Pour lire avec amour son mystérieux Livre,
Chantez, vibrez, pleurez, Lyre du Créateur,
Votre douce Harmornie sait enivrer mon cœur ! ....

Langrune-sur-Mer (Calvados) 1877

ℳ ℳ ℳ

Nid d'Oiseau

Souvenir de la British-Columbia
(Canada) 1898.

C'ÉTAIT en juin, une brise embaumée
Parcourait le ciel bleu, la plaine, les vallons ;
On entendait au loin la nature animée !.....
Et le bonheur souvent, vient quand nous l'appelons !...

Je sortis aspirant les senteurs odorantes
Des bois de pins, des fleurs ; un soleil radieux
Réjouissait mon cœur, et sous l'ombre flottante
Des mûriers, je trouvais un fruit délicieux !.....

Arrivée au milieu d'un sentier plein d'érables,
Je vis tout près de moi, sur un faible roseau,
Un nid charmant construit par l'instinct admirable
Que Dieu a mis au cœur du plus petit oiseau !...
Ce nid, divin trésor, bâti de brins de mousses
Etait fait si léger, si doux, si souple et fort,
Que la brise de mer, imprimant ses secousses,
Le berçait lentement, mollement, sans effort !.....

Je regardais, ravie de joie et de tendresse,
Ce nid, placé pour moi sur le bord du chemin,
Dont les petits heureux ouvraient le bec sans cesse,
Attendant leur pâtée d'une invisible main !...

Comment ce nid charmant, rempli d'oiseaux si frêles,
Avait-il pu rester au grand jour exposé,
Sans devenir la proie des deux serres cruelles
De l'épervier des bois sur l'érable posé?
Comment, près du sentier, quand la troupe joyeuse
Des petits maraudeurs qui font la chasse aux nids,
Ce petit arbrisseau sur sa tige soyeuse
A-t-il sauvé du mal ce cher trésor béni ?

C'est que Dieu le gardait et de sa Providence
Le gage encore ici se voyait une fois!
Il prend soin de ses dons et sa douce clémence
Veille sur la fauvette et son nid dans les bois!.....

Je m'approchai rêvant au mystère ineffable
Des êtres remplissant l'Univers du grand Roi,
O Merveilles créées par l'Amour immuable,
Je vous découvre ici et j'adore et je crois!.....

Le beau soleil couchant inondait le bocage,
Le vent tiède, odorant, balançait l'arbrisseau,
Et les quatre petits écoutaient le ramage
De leurs parents veillant tout près de leur berceau !...

Tout à coup je compris que malgré ma présence
C'était le jour fixé pour l'envolée au bois,
Un des quatre petits déjà plein d'assurance
Se penchait hors du nid qui ployait sous son poids ;
Je m'approchai toujours avançant avec crainte
Ma main pour le saisir!..... mais le subtil oiseau
Echappant avec art à ma trop faible étreinte
S'envole, et le nid seul reste sur le roseau !.....

Les fauvettes parents, heureux d'une prouesse
Qui promettait beaucoup pour leurs chers oisillons,
Célébraient leur succès par des cris d'allégresse,
Que l'écho répétait comme un gai carillon !

J'avais à ce moment le cœur rempli d'alarmes,
Je n'avais plus d'argent, plus de pain quotidien ;
Et chaque jour au bois pour y cacher mes larmes,
Je venais récolter quelques fruits pour soutien !.....
Quoi ! me disais-je alors, j'ai vu émerveillée,
Un nid à découvert avec quatre petits ;
Ni la pluie, ni le vent n'ont pu sous la feuillée
Détruire le trésor que le bon Dieu choisit ???
Ni les passants nombreux, ni les enfants sauvages,
Ni les méchants, n'ont jamais pu le découvrir
Ce nid, pourtant construit sur un commun passage
Où le regard de tous aurait pu le saisir ?.....

Mais Dieu le protégeait, comme il protège encore
Tous ceux qui le bénissent et le servent toujours,
Et pourrais-je douter de ce Dieu que j'implore
Quand aux faibles oiseaux il prête son secours !.....

English Bay Vancouver 1898.

❀ ❀ ❀

Route de Cauville *(Hâvre 1894)*

Souvenir du Hâvre-de-Grâce
(printemps de 1894).

GAZOUILLEMENTS d'oiseaux, murmures de la brise,
Voix des champs, de la mer, concert aérien,
Vous bercez mon esprit d'une harmonie exquise,
Vous enchaînez mon cœur d'un amoureux lien !.....

C'est qu'il faudra partir, aimable Normandie,
Et vivre loin de toi ! te quitter c'est mourir ;
Quand je vois l'avenir sur ta terre bénie,
Je veux rester ici, je veux me souvenir !

On m'emmène bien loin sur de nouveaux rivages,
Où le ciel et la mer ont des charmes divins ;
Où des milliers d'oiseaux enchantent les bocages
Et le parfum des fruits embaument les chemins !

Le beau soleil couchant dans un lit d'or se baigne,
Et la paix et la joie naissent du plus beau ciel ;
Un éternel printemps est le seul roi qui règne
Versant sur ses sujets des flots de lait, de miel !.....

La mer est si jolie, agitée par la brise,
Que l'on croit séjourner au pays enchanté
D'un nouveau sol créé par magique surprise,
Abondant en trésors de fortune et beauté !

33

Fleurs rares, inconnues, croissent dans les vallées,
Les orangers fleuris épandent leurs senteurs,
Des colibris dorés par milliers d'envolées
Charment l'homme étonné de ces nouveaux bonheurs !

Le zéphir enivrant, parfum d'ambre, de rose,
Pénètre votre cœur d'un sentiment bien doux
Et vers les cieux si beaux le regard se repose,
Car c'est Dieu qui créa cette terre pour nous !

O terre bien-aimée, rives du Pacifique,
Heureux est le mortel qui rêva sur tes bords,
Qui put voir, contempler ta grève magnifique
Des chaudes régions aux murs glacés du Nord !.....

Cette terre chérie s'appelle la Promise,
Où Dieu répand ses dons sur ses enfants bénis,
Puisse à sa volonté, ma volonté soumise,
Mériter de la voir et mes maux sont finis !.....

Mais au sein de ces joies que donne cette ivresse
Je garderai mon cœur fidèle au souvenir,
Et le vieux sol français de ma belle jeunesse
Reste dans ma pensée gravé pour l'avenir !

Je reverrai toujours en rêveries fécondes,
Tes campagnes, tes bois, les plages de ta mer,
Cette mer que j'aimais, me baignant dans ses ondes,
Retrouvant la santé après les jours amers !.....

Je pars, puisqu'il le faut, la vie n'est qu'un voyage,
La terre qui nous porte est un esquif léger
Voguant dans l'éther bleu, où Dieu fit son passage
Dans l'orbite tracé qui doit la protéger !.....

34

Dieu est Maître partout, son œil divin visite
Les contrées qu'il a faites où l'homme vit heureux !
Et ma lèvre frémit d'amour quand je récite
La prière au Seigneur pour tous les malheureux !.....

Adieu jusqu'au revoir, aimable Normandie,
Je traduirai pour toi mes regrets dans ces vers,
Bientôt je reverrai, si Dieu me prête vie,
Tes falaises crayeuses et tes champs toujours verts !.....

Sainte-Adresse (Hâvre) 1894.

ℳ ℳ ℳ

Joyeux Pinson

Aimable chantre de nos bois,
Ton ramage, ta voix sonore,
M'ont tenue éveillée bien des fois
Avant la naissante Aurore !

Tu nous prodigues avec entrain
Ta mélodie et ta cadence,
Autour de toi tout fait silence
Quand tu commences ton refrain.

Ton babil, en rythme touchant,
Nous dit le thème inépuisable
De l'Amour à tous favorable,
Quand refleurit la fleur des champs.

Tu redis, note joyeuse,
Pour charmer les beaux jours de l'été
Et celle qui t'aime est heureuse
Et ne vit que de ta gaieté !

Ah ! chante ! aimable lutin,
Jusqu'à ce que l'étoile brille,
Et puis sous ton aile gentille
Endors ta voix jusqu'au matin

Pour reprendre douces chansons
Au nouveau réveil de l'Aurore,
Ah! chante! et chante encore
Les rêves que nous caressons!.....

Château de Livry 1876.

֍ ֍ ֍

Le Printemps de 1876 en Normandie

Le voici de retour, ce printemps fortuné,
　　Tout parfumé de fleurs, d'amour, de douces brises;
Flore de blancs lilas arrive couronnée
Et répand dans les cieux 'mille senteurs exquises.

Les gazons verdoyants se constellent d'étoiles,
La plante reverdit sur les chaumes fumeux,
Puis un doux crêpe vert s'étend en légers voiles
Sur les bois dépouillés et les coteaux brumeux !

Des merles, écoutez la fanfare sonore
Et le gazouillement de l'aimable pinson,
Un concert animé dure depuis l'aurore,
Mille voix du retour entonnent la chanson !

Les bourgeons éclatés enfin livrent passage
Aux fleurs immaculées des pommiers odorants,
Et partout transformé, le nouveau paysage
S'offre à nos yeux charmés sous des tons différents !

Ici, c'est un rideau de mélèzes vert pâle,
Là, des arbres neigeux tout couverts d'un rayon,
L'horizon s'éclaircit teinté d'un blanc d'opale
Et tout semble esquissé par un divin crayon !...

Partout sur les sentiers de la verte prairie,
S'étale en gros bouquets la primevère aimée,
Son parfum si discret porte à la rêverie,
Feuillet si gracieux du poème embaumé !

La violette bleue au feuillage vert sombre
Livre son doux trésor à nos cœurs palpitants ;
Comme l'âme timide, elle fleurit à l'ombre
Et craint des importuns les regards inconstants !
L'abeille murmurant baise chaque corolle,
Le papillon folâtre a repris ses ébats,
Le moucheron doré au sein de l'air s'envole,
Et dans un flot vermeil, naît, s'agite et s'abat !

Tout renaît, tout revient et l'espoir nous appelle
Pour nous montrer de loin le retour de la vie,
J'entends le premier cri de la vive hirondelle,
Aimons, rions, chantons, car Dieu nous y convie !

Château de Livry 1876.

❀ ❀ ❀

Hommage à ma sœur Alice

MADAME DE MORIN
NÉE DE GASTEBOIS

(In Memoriam).

L'Epoux !

ALICE, éveille-toi, c'est l'heure solennelle
Où tu vas d'un mortel combler le vœu ardent,
Le soleil radieux nous éclaire, ma belle,
Pour bénir notre hymen, le Pontife t'attend !

Ta mère, à tes côtés, orne ta longue tresse
De la fleur d'oranger, symbole de l'Amour ;
Dans tes yeux j'aperçois délicieuse ivresse,
Que nous apportera la fin de ce beau jour !

Ta robe immaculée est gracieux emblème,
Gage d'innocence, pureté de ta foi,
Tes grands yeux noirs voilés qui me disent : Je t'aime,
Ne peuvent un instant se détacher de moi !.....

La Sœur !.....

Heureuse sois, enfant !... plus heureux est peut-être
Le mortel fortuné qui s'enchaîne pour toi,
Ton amour a déjà transformé tout son être,
Esclave obéissant, il marche sous ta loi !.....

Et moi, que le bonheur effleura de son aile,
Pour s'envoler au loin et ne plus revenir,
Je t'envoie tous mes vœux d'amitié fraternelle
Et je te rends hommage en ce doux souvenir !

Château de Livry 1874.

Acrostiche sur le nom d'Alice

A TOI mon souvenir, sœur chérie et si belle,
Le destin de ses dons t'a comblée à l'envie,
Il ne fut de mon cœur qu'interprète fidèle,
Car j'ai rêvé pour toi les bonheurs de la vie
Et puisse l'illusion te devenir réelle !.....

Marguerite de Monbail

MORTE A 7 ANS A PARIS

(In Memoriam)

FLEUR blanche et si jolie, ô Reine-Marguerite,
Ton nom si gracieux un jour fut adopté
Par un doux chérubin qui effleura trop vite
Notre Monde de boue, d'ombres, d'obscurité !...

Dans une riche, noble et charmante famille,
Deux êtres qui s'aimaient d'un amour sans pareil,
Eurent le vrai bonheur de voir naître une fille
Qui devait pour leur vie être un rayon vermeil !

Hélas ! l'aimable enfant rose, blanche, si frêle,
Ne devait ici-bas que passer un instant ;
Ses ailes reployées, elle vivait fidèle
Au souvenir du Ciel, dans un rêve constant !

Elle était mon amie, quoique sa grand'aînée,
Nos familles unies de liens affectueux,
Je passais au Château des heures fortunées
Dont je dois dans ces vers, tribut respectueux !

43

Elle disait un jour : « Ma chère et douce Mère
« Voulant choisir mon nom avant que je sois née,
« Elle fut promener au jardin de la Terre
« Où des milliers de fleurs croissent abandonnées ;

« Elle chercha longtemps, mais fit son choix très vite
« En regardant enfin dans un groupe fleuri,
« Elle choisit la fleur blanche de Marguerite,
« C'est pourquoi j'ai porté ce beau nom si chéri !...

Sa joie était naïve, son cœur sur ses lèvres
En m'accueillant toujours d'un sourire divin :
« Tu viens, ô mon amie, je n'aurai plus la fièvre,
« Car ta présence ici m'a guérie ce matin !.....

Cet aimable trésor perdit un jour son père !
C'était un Vendéen, croyant en Dieu, au Roi !
Il n'aurait pas courbé sa belle tête chère
Sous le joug des impies qui effacent la Croix !

C'était un poëte, un artiste d'élite,
Il tenait le crayon comme un maître puissant,
Et le portrait frappant de chère Marguerite
Reste dans mon esprit en cadre ravissant !.....

La tête de l'enfant, angélique merveille,
Ornée de blonds cheveux bouclés et ondoyants,
Dont les flots répandaient une ombre sans pareille,
— Telle une gaze blonde ornée d'un or brillant !

Ses grands yeux bleus voilés, si caressants, si tendres,
Sa bouche souriant, l'harmonie de sa voix,
Toute son âme enfin ne cherchait qu'à s'épendre
Pour aimer, pour charmer, et jouir à la fois !

Tout ce que la fortune et l'or peuvent attendre
Elle le possédait ; car, idole adorée
D'une mère chérie, qui trouvait qu'à tout prendre
Rien n'était assez beau, assez rare et doré !.....

Je me souviens toujours de ce salon magique
Dont les si larges baies ne s'ouvraient qu'au couchant,
L'amas de ces jouets, vrai tableau féerique,
Un vrai Musée d'enfant, d'automates marchant !

Ici, un beau mouton bêlant, branlant la tête,
Courant sur le parquet par un secret ressort,
Une chèvre au long poil agitant sa sonnette,
Un chien qui aboyait par l'invisible effort !

Des poupées de tous âges, des costumes de reines,
Un ménage complet richement décoré,
Un choix de mobiliers, des thés de porcelaine,
Des pantins, des soldats, ce qu'elle eut préféré !

Le Bonheur a souri sur cette blonde tête,
Mais hélas ! le Malheur la guettait du lointain
Et dans toutes ses joies, cette innocente fête
Devait avoir bientôt un affreux lendemain !......

Elle portait au sein ce germe incurable
De l'horrible phtisie qui mine sourdement,
Et quoiqu'en la voyant si fraîche, si aimable,
Mon regard inquiet la suivait tristement !

Elle était trop jolie, elle était trop parfaite
Pour vivre parmi nous, égoïstes mortels,
Dieu la voulait au Ciel, bel ange qui répète
L'hymne d'amour sans fin des concerts éternels !

Un jour elle chanta, et sa voix argentine
Recueillit des bravos qu'elle avait mérités,
Et je la revois sa figure qu'illumine
La joie des doux succès qu'elle avait remportés !.....

Un jour aussi, j'étais près d'elle assise à table ;
Son grand père, Marquis d'une irascible humeur,
Gourmandait un valet sur un mot détestable,
Marguerite intervint pour calmer sa fureur !

« O grand père, pitié, pardonne à ce bon Pierre,
« Il ne s'est pas très bien souvenu de ce mot,
« Demain, il fera mieux, rends-toi à ma prière,
« Marguerite priant, grand père c'est mon lot !

« Vois-tu ta grosse voix de grand père colère
« Fait peur à mon amie ; je t'en prie, calme-toi,
« Car Berthe va partir ! change ce ton sévère,
« Ta Marguerite aimée fait entendre sa voix ! »

Et ce noble vieillard, honteux d'une faiblesse
Que l'enfant lui prouvait, qu'il se reprochera,
Parla plus doucement, calmé par sa tendresse,
Pierre fut mieux traité, Berthe se rassura !.....

Ce sont des souvenirs bien vieux, bien loin, mais
                                    [tendres,
Ces heures du passé qui ne se vivront plus,
Mais la migonne enfant, si elle peut m'entendre,
Ne doit que m'appprouver ! O regrets superflus !...

Un jour j'arrivai tard, retenue par l'étude
D'un morceau destiné à fêter Sa Grandeur !...
Marguerite guettait, suivant son habitude,
Ma venue de bien loin ; elle accourt ! « ô bonheur !
46

« Je t'ai vue tout là-bas, chère petite amie,
« Me dit-elle riant, s'empressant de saisir
« Ma main pour la presser, et j'étais si ravie,
« J'en ai abandonné mon goûter de plaisir ! »

Il faudrait éditer un volume aux cent pages,
Pour relater ces faits, chèrement paraphés,
Il me suffit pourtant de ces douces images
Pour rappeler les traits de ma petite fée !.....

Elle a passé bien loin, comme ici-bas tout passe,
La fleur la plus jolie, le rayon le plus doux,
Car le temps sans pitié détruit, fane et tout chasse ;
Et nous restons pleurant, priant ! *ainsi pour tous !...*

Elle habitait Paris, elle perdit sa mère ;
Ses sept ans s'achevaient au retour du printemps,
Elle pleura beaucoup, et sa douleur amère
Prouva qu'elle devait la suivre en peu de temps !

La rougeole la prit au lever de l'Aurore,
Le médecin prédit le triste dénouement,
Et la fleur moissonnée, quoique jolie encore,
Par la fièvre brûlée dessécha lentement !.....

La sœur qui la veillait sous sa cornette blanche,
Se penchait sur son front pour attirer ses yeux
Vers l'Image bénie, sur un cadre de planche,
Dont elle lui parlait en regardant les Cieux !

« Voyez, aimable enfant, c'est sainte Philomène
« Qui a souffert longtemps, et qui a mérité
« La couronne du Ciel où son Ange l'emmène ;
« Vous aussi, vous irez dans ce Lieu de Beauté !

« Voyez, elle se meurt, son long, cruel martyre
« L'a brisée, mais son cœur est toujours à son Dieu !
— « Je vais mourir aussi, dit-elle, et son sourire
Montrait toute sa foi dans le dogme pieux !.....

. . . .

. . . .

Et sa tête chérie sur l'oreiller retombe,
Ses boucles sur son front s'auréolent encor,
Et la main de la Mort soudain sur elle tombe !
Mais son âme s'envole au sein des Anges d'or !.....

Adieu, Ange des Cieux, blanche, pure colombe,
Tu laissas de ta vie le parfum d'une fleur,
Puisse ton souvenir, au-delà de la tombe,
Survivre bien des ans au chant de ma douleur !

Berthe de GIRAUD d'AGAY,
née de GASTEBOIS.

Boulogne-sur-Seine 1901.

Sonnet à mes Cheveux

TEL on voit au déclin d'un beau soir de l'Automne
S'échapper des rameaux qui ombrageaient le bois,
Quelques feuilles jaunies dont le bruit monotone
Fait rêver tristement au passé d'autrefois !.....

Ainsi que ces rameaux, mon front se décolore,
Mes tempes dégarnies attestent les douleurs,
Et par le temps cruel qui effeuille les fleurs,
Mes cheveux blanchissant me prédisent encore

Que ma course est finie ! L'implacable Malheur
Reprenant tous ses droits en chassant le Bonheur,
Fait surgir l'abîme des souvenirs d'enfance

Où je vois s'engloutir toutes mes espérances ;
Ainsi que mes cheveux, feuilles infortunées
Emportées par le vent, suivez les destinées !

Château de Livry (Calvados). 1876.

A mes Cheveux

Pauvres cheveux, orgueil de ma jeunesse,
   Le temps vous peint d'un reflet argenté,
Voici venir la tremblante vieillesse,
Voici venir l'Hiver après l'Été !.....

A dix-huit ans vous couronniez ma tête
De gros crépés, de nattes et de nœuds ;
Par vos attraits j'étais reine à la fête,
Par vos charmes j'ai reçu des aveux !

O mes cheveux ! quand sa main vénérée
Vous parsemait de roses, de jasmin,
A peu de frais je me trouvais parée
Quand j'épandais votre flot de satin !

Pauvres cheveux ! malgré le sombre orage
Qui doit bientôt changer votre couleur,
Gardez mon front tout couvert d'un nuage,
Restez pour moi l'ombre de la Douleur !

Et qu'en voyant votre blanche auréole
Orner mon front vieilli par les autans,
Le monde ici, malgré son goût frivole,
Puisse vous rendre un hommage touchant !

Langrune-sur-Mer 1877.

Hommage à ma Muse

USE chérie
Qui m'inspiras,
Ma rêverie
Te chantera,
Mon cœur rayonne,
C'est un beau jour
Celui qui donne
Flamme d'amour !.....

Ta voix si pure
Sous la verdure
Résonnera,
Quand la nature
Au doux murmure
S'éveillera !

Harmonieuse
Ou langoureuse
Rythme chantant,
Aimable rêve
Pour moi s'achève
En t'écoutant !

La belle Aurore
Pour toi colore
La nue dorée,
Je veux te suivre
Pour toujours vivre,
Mon adorée!.....

Château de Livry 1876.

Rêverie à ma Muse

Le bruit des feuilles desséchées
Rappelle des peines cachées
Le douloureux tressaillement,
Et j'entends la voix qui m'appelle
Vers une région nouvelle
Où je trouve mon élément !

Entendez-vous dans les vallées
Des plaintes tristes et voilées,
Un murmure simple, touchant ;
Sur les ailes du doux Zéphire
C'est une Muse qui soupire
Un doux et poétique chant ! ! !

Tu me cherches, ma bien-aimée,
Sous les verdoyantes ramées,
Où jadis tu me fis tes dons,
Ne crains pas, je te suis fidèle,
Et par ta brillante étincelle
Ma lyre reprend ses doux sons !

Château de Livry (Calvados) 1876.

Souvenir à ma Muse

MUSE chérie je te fus si fidèle,
Rappelle-toi je t'ai toujours aimée,
Reviens toujours me frôler de ton aile,
Répand sur moi ton haleine embaumée !

Reviens vers moi, car je vois déjà l'ombre
Qui se répand sur mon court avenir,
Par ton sourire éclaire la nue sombre !
Ranime en moi le plus doux souvenir !

Reviens vers moi, ô ma si chère amie,
Pour que mon cœur puisse encore chanter
Et qu'à ta voix dont j'étais si ravie,
Docilement, je vienne t'écouter !.....

Reviens vers moi, Muse, ma belle étoile,
Comme le bon génie de mes vieux jours,
A mon esquif j'attache ton doux voile,
Et pour rêver j'implore ton secours !...

Reviens à moi illusion chérie,

Caresse-le, mon pauvre front soucieux !

Emporte-moi vers cette autre patrie

D'où je pourrai m'élever jusqu'aux cieux !.....

Langrune-sur-Mer 1877.

A un petit Oiseau

Automne de 1876,
Château de Livry.

PETIT oiseau de nos bocages,
Hôte aimable qui nous charmait,
Pourquoi cesses-tu ton ramage,
Quelle peine t'avons-nous fait?

As-tu déjà senti que la bise glacée
Dispersera bientôt ton grain et tes abris ?
Ah! fuis bien loin d'ici, la saison est passée,
Vers un ciel toujours bleu, le nôtre devient gris!

Adieu! puisqu'il faut qu'en ce monde,
Tout ce que nous avons connu,
Tour à tour nous quitte à la ronde
Pour s'envoler vers l'inconnu !.....

Adieu! mais au revoir, cher petit messager;
Souviens-toi du hameau, souviens-toi du verger,
Et dans le beau pays vers lequel tu t'envoles,
Garde le souvenir de mes douces paroles!.....

❧ ❧ ❧

Le Retour

Mais quand le Zéphir de la plaine,
De nouveau ramenant les fleurs,
Et de sa réchauffante haleine
Il fondra les glaçons en pleurs !.....

Reviens, oiseau de nos bocages,
Nous fêterons ton bon retour
Et sous les verdoyants feuillages
Nous te saluerons tour à tour !.....

Reviens charmer ma rêverie
Par ton rythme simple, touchant,
Près du ruisseau de la prairie
Qui murmure aussi son doux chant !

Reviens chanter ta mélodie
Auprès de ton nid gracieux,
Cette chanson qui m'a ravie
Quand je t'adressais mes adieux !

Reviens, car sans toi la Nature
Au printemps n'aurait plus d'attraits ;
Malgré sa brillante parure
Et ses ombrages toujours frais !.....

Reviens, car sans toi le poëte
Amoureux de tes doux accents,
Deviendrait muet interprète
Si tu restais toujours absent!.....

Château de Livry 1876.

Le Nuage *(Rêverie)*

Léger nuage que le vent
Fait flotter comme un voile
Et qui change en un moment
Pour cacher une étoile,
    D'où viens-tu?

Es-tu brume, vapeur, fumée,
S'élevant de la terre?
Dans quel centre t'es-tu formé
Devenant un mystère?
    D'où viens-tu?

Peut-être est-ce du Paradis
Le lange d'un doux enfant
Qu'un ange d'or qui le ravit
Emporte en le berçant?.....
    Qui es-tu?

Peut-être aussi je crois encor
La lumineuse clarté
Où c'est écrit en lettres d'or :
Légende de chasteté?.....
    Qui es-tu?

Est-ce un sylphe qui s'est paré
De ta vapeur légère,
Pour voguer au ciel éthéré,
Doux plaisir éphémère!.....
Qui es-tu?

Es-tu parure flottante
D'une jeune fiancée?
Si frêle, mais éclatante
Tu fuis dans l'azur glacé!
Où vas-tu?

Au désert triste, aride,
En goutte d'eau irisée,
Que le voyageur avide
Te voyant a désiré!
Où vas-tu?

Ah! flotte près de la terre,
Effleure le sol brûlant,
Par ta fraîcheur salutaire
Calme son cœur haletant!.....
Où vas-tu?

Peut-être!..... mais tu disparais
Absorbé dans l'espace;
A peine vois-je la place
Où tu formais ces doux traits!.....

. . . .

Ainsi passe, fragile image
La vie, depuis tous les âges!.....

Château de Livry 1876.

La Tempête

'ENTENDEZ-VOUS si terrible, impétueuse
La voix de la tempête arrivant au lointain ;
Les nues amoncelées se heurtent orageuses,
Le cœur est oppressé par un danger prochain !

Le soleil rayonnait, mais un long voile sombre
S'étend sur le ciel bleu, qui soudain devient noir ;
On dirait un rideau qui descend et fait ombre
Sur un tableau charmant que l'on ne doit plus voir !...

Le cyclone maudit accomplit son passage !
Sa rage destructive ainsi qu'un vieux démon
S'acharne avec fureur sur le pauvre village,
Broyant et déchirant tout ce que nous aimons !

Le vent à chaque instant redouble de violence,
Roulant en blocs pressés de gros nuages gris,
Il semble contre lui qu'il n'est plus de défense,
Dieu ! qui voit notre foi, protège nos abris !.....

Le roulement constant d'un effrayant tonnerre
Etourdit les oiseaux volant en tourbillons ;
Les chevaux attelés frappant du pied la terre
S'échappent affolés à travers les sillons !.....

Les arbres arrachés jonchent le sol fertile,
Les moissons sont hachées par le bras d'un géant,
Et ce qu'avait créé la main de l'homme habile
La vallée florissante est réduite au néant !.....

O tempête ! fléau que Dieu dans sa colère
Envoie du ciel souvent pour châtier le forfait ;
Hélas ! tu remplis bien cette mission sévère !
Tu punis le coupable et celui que Dieu hait !.....

« Mais, ô Dieu de bonté, si ta justice immense
« Embrasse l'Univers dont tu juges les mœurs,
« Aie pitié des mortels dont la douce innocence
« Invoquent ton beau nom qu'ils portent dans leurs
[cœurs !

« Apaise ton courroux, envoie sur notre terre
« Tout à l'heure épuisée par ce torrent de maux,
« Un Ange dont le bras puissant et fort enserre
« Les géants destructeurs repoussés dans les eaux ! »

Et le Soleil brillant inondant la campagne,
Séchera d'un rayon les larmes du passé,
Et sur le haut sommet de la belle montagne
Un arc-en-ciel, joyeux espoir, sera placé !.....

Château de Livry 1876.

⍒ ⍒ ⍒

Le Rêve d'or de la Charité

Inspiration

Une veuve pleurait ! sa tête languissante
     Reposait sur sa main de larmes arrosée,
Sa pensée s'envolait, elle était impuissante
A dire en ce moment ce qu'elle eût désiré !.....

La mort avait brisé les liens de la famille,
L'époux était parti, sans avoir protégé
Le sort de six enfants chéris, garçons et fille,
Succombant sous le poids de son cœur affligé !.....

Les charges trop lourdes, hélas ! pour sa pauvre âme,
Elle faiblit déjà en vue de l'avenir !
Si son projet échoue, elle encourra le blâme
De n'avoir pas aidé ses fils à parvenir !...

Et voilà le motif de toutes ses alarmes
La raison de ses pleurs ; son cœur est déchiré
A la pensée qu'un jour ses enfants pleins de charmes
Deviendront indigents, sans asile assuré !.....

Que faire ! qu'essayer ! de quel côté doit-elle
Chercher un vrai secours nécessaire, pressant,
Et qui doit lui aider dans cette ère nouvelle
A sauver ses trésors du gouffre mugissant !.....

Le noir Destin maudit qui est jaloux des mères
Profitant de l'épreuve, est prompt à soulever
Cette tempête qui produit larmes amères,
Et qui dans un instant lui peut tout enlever !

Que doit-elle espérer ? Que doit-elle entreprendre
Pour prévenir les coups du monstre audacieux ?
Les secrets de son cœur, on ne peut les surprendre,
Mais son esprit craintif reste bien anxieux !.....

Alors pensant à Dieu ! elle prie suppliante,
L'implore à son secours !..... Un bel Ange apparaît,
Sa douce voix résonne et sa robe brillante
Annonce un Messager plein d'un divin attrait !:....

« Femme, dit-il alors, pourquoi toutes ces larmes ?
« Ne sais-tu pas que Dieu est le Maître ici-bas ?
« Jamais il n'abandonne aux cruelles alarmes
« Ceux qui croient en son nom et l'invoquent tout
[bas !.....
« Tu crois en ce grand Roi, tu l'aimes, tu l'espères !
« Possédant en ton cœur les trois filles du Ciel,

64

« Elles guident tes pas vers de nouvelles sphères

« Dans les terres bénies, sources de lait, de miel !.. ..

« Pars, fuis cette contrée, cette France maudite

« Qui irrite le Ciel par ses crimes nombreux ;

« L'esprit du Dieu vengeur dans sa colère édite

« Le châtiment prochain qui doit fondre sur eux !.....

« Pars ! fuis vers ces pays où le sol vierge encore

« Renferme des trésors inconnus au mortel,

« L'œil de Dieu te suivra, il sait que tu l'implores

« Pour sauver tes enfants d'un avenir cruel !

« Tu verras sous ce Ciel nouveau une merveille ?.....

« Tu pourras aspirer un air pur, assaini ;

« Et loin des vices, du crime qui toujours veille,

« Eloignée des méchants, tes maux seront finis !.....

« Tu pourras retrouver sur la terre choisie

« Le calme de la paix qui doit guérir ton cœur

« Et l'oubli des chagrins dans cette poésie

« Que donne en ces pays la pureté des mœurs !

« Tu dois trouver là-bas des terres fortunées

« Seules connues de Dieu qui les garde pour toi ;

« Tu creuseras le sol vieux de milliers d'années,

« Récompense du Ciel qui exauce ta foi !.....

« Puisant au doux trésor que Dieu dans sa sagesse

« Ne veut donner qu'à ceux qui croient en sa bonté,

« Tes malheureux enfants riches de Ses largesses

« Devront tout à Ses dons divins de charité !.....

« Mais quand tes mains remplies de cet or qu'on envie

« Auront de la moisson fait abondante part ;

« Pour tes filles, tes fils, les besoins de ta vie,

« Souviens-toi ce que Dieu a fait à ton égard !.....

. . . .

. . . .

« Puise, puise toujours femme si courageuse,

« Récolte de cet or n'est pas près de finir,

« Tu dois doter aussi la légion malheureuse

« Des chers déshérités qui doivent te bénir !.....

« Ils sont nés pour souffrir, pour pleurer, mais leurs

[peines

« Sont comptées par Celui qui est le Tout-Puissant.

« Songe où la misère du désespoir mène !.....

« Si Dieu pour leur malheur n'était compatissant !.....

« C'est à toi qu'il confie la mission de répandre

« Un rayon de bonheur dans tous ces cœurs brisés ;

« De calmer leur douleur, et de pouvoir leur rendre

« Des joies qu'ils ont gagnées en vivant méprisés !

« Si tu peux faire éclore un faible, doux sourire,

« Sur leurs lèvres pâlies et si décolorées ;

« Faire renaître espoir, et les entendre dire

« Qu'ils ont été sauvés par tes mains adorées !.....

« O femme ! alors tu peux te croire fortunée,

« Dit l'Ange ! et par son nom doucement l'appela,

« Car tu auras connu dans cette belle année

« La seule joie de l'or ! et l'Ange s'envola !.....»

Suresnes 1892.

Les Anges Gardiens

(Légende)

Le soir descendait lentement sur les bruyères ! et la vallée était déjà ensevelie dans un voile brumeux, à travers lequel tremblotaient les lumières des hameaux, autant de petites étoiles jaunes !.....

C'était un soir sans lune ! le croissant d'or avait disparu à l'horizon et les diamants du Ciel ne scintillaient qu'à peine !.....

. . . .

Sur le penchant d'une verdoyante colline une chaumière, comme un nid d'oiseau, était cachée !.....

Une jeune mère berçait un enfant qui pleurait !..... « Dors, chéri, disait-elle, la nuit est venue ; les yeux des enfants doivent se fermer quand le soleil ne brille plus, tu les ouvriras à l'aurore ! Dors, chéri, dors en paix ! et sa main berçait lentement un enfant si beau, si beau, qu'on eut dit un chérubin descendu d'un cadre à l'autel de la douce Madone !.....

Et l'enfant pleurait toujours, et la mère chantait de sa voix triste et monotone, une mélopée du pays natal qui semblait l'attendrir, car ses yeux s'étaient mouillés de larmes !..... « Dors, enfant chéri, répétait-elle, car les Anges de Dieu veillent sur toi ; leurs ailes blanches s'agitent là-haut dans le Ciel, ils arrivent pour te protéger !.....

Et la mère chantait toujours, et l'enfant s'endormit !..... et sur ses lèvres demi-closes un sourire ineffable s'était épanoui par la vision céleste que sa mère avait appelée !.....

L'enfant voyait les Anges, ses Anges gardiens !..... et la mère chantait toujours, et l'enfant dormait si profondément qu'à peine un souffle de vie semblait errer sur sa mignonne bouche entr'ouverte, souriante aux merveilles qu'il contemplait !..... Et la mère berçait toujours, mais plus lentement ; sa tête s'inclinait déjà sur la chaise rustique qui retenait ses bras, et le lien du berceau s'échappa de sa main endormie !..... Mais les Anges gardiens arrivaient à son aide !..... Un bruissement d'ailes annonça leur venue dans la chaumière !..... et l'enfant fut bercé, et la mère sommeilla doucement jusqu'à l'aurore entourée des Anges du Ciel !.....

Boulogne-sur-Seine 1901.

꙾ ꙾ ꙾

IMPRIMERIE GÉNÉRALE
CHASSEL, MIRECOURT (VOSGES).

BIBLIOTHEQUE NATIONALE DE FRANCE
3 7502 01454653 7

9 782019 951795